NOTA A LOS PADRES

Aprender a leer es uno de los logros más importantes de la pequeña infancia. Los libros de *¡Hola, lector!* están diseñados para ayudar al niño a convertirse en un diestro lector y a gozar de la lectura. Cuando aprende a leer, el niño lo hace recordando las palabras más frecuentes como "la", "los", y "es"; reconociendo el sonido de las sílabas para descifrar nuevas palabras; e interpretando los dibujos y las pautas del texto. Estos libros le ofrecen al mismo tiempo historias entretenidas y la estructura que necesita para leer solo y de corrido. He aquí algunas sugerencias para ayudar a su niño *antes*, *durante* y *después* de leer.

Antes

- Mire los dibujos de la tapa y haga que su niño anticipe de qué se trata la historia.
- Léale la historia.
- Aliéntelo para que participe con frases y palabras familiares.
- Lea la primera línea y haga que su niño la lea después de usted.

Durante

- Haga que su niño piense sobre una palabra que no reconoce inmediatamente. Ayúdelo con indicaciones como: "¿Reconoces este sonido?", "¿Ya hemos leído otras palabras como ésta?"
- Aliente a su niño a reproducir los sonidos de las letras para decir nuevas palabras.
- Cuando necesite ayuda, pronuncie usted la palabra para que no tenga que luchar mucho y que la experiencia de la lectura sea positiva.
- Aliéntelo a divertirse leyendo con mucha expresión... ¡como un actor!

Después

- Pídale que haga una lista con sus palabras favoritas.
- Aliéntelo a que lea una y otra vez los libros. Pídale que se los lea a sus hermanos, abuelos y hasta a sus animalitos de peluche. La lectura repetida desarrolla la confianza en los pequeños lectores.
- Hablen de las historias. Pregunte y conteste preguntas. Compartan ideas sobre los personajes y las situaciones del libro más divertidas e interesantes.

Espero que usted y su niño aprecien este libro.

—Francie Alexander
Especialista en lectura
Scholastic's Learning Ventures

Para obtener información acerca de autores e ilustradores de Scholastic, consulte
www.scholastic.com

Originally published in English
as *I Hate My Bow!*

Translated by Susana Pasternac.

ISBN 0-439-22645-7

Library of Congress Cataloging-in-Publication number PZ73.W564 2001

12 11 10 9 8 7 6 5 4 3 2   01 02 03 04 05

Printed in the U.S.A.   24

First Scholastic Spanish printing, March 2001

¡NO ME GUSTA MI MOÑO!

por Hans Wilhelm

¡Hola Lector! — Nivel 1

SCHOLASTIC INC. Cartwheel BOOKS®

New York Toronto London Auckland Sydney
Mexico City New Delhi Hong Kong

No me gusta mi baño.

No me gusta mi moño.

No me gusta mi cadena.

No me gusta este bebé.

No me gusta este gato.

Hola, muchachos. ¿Puedo jugar?

¡Uy!

Esos muchachos no quieren jugar
con un perro,
con un baño,
con un lazo,
y con una cadena.

Tengo una idea.

Ven aquí, gatito.

Quítame este lindo moño.

Ven aquí, bebé.

Quítame esta bonita cadena.

Ahora, juguemos en el barro.

¡Cuánto quiero a mis nuevos amigos!